万物有生有命。

种子和废墟也是不朽的。

有谁见过废墟在大地上

又一次垮掉？

藏匿在泥土里的种子

不是不发芽而是没到时候。

一 叶 一 洞 天

莫非 著

商务印书馆
创于1897 The Commercial Press
2018年·北京

图书在版编目(CIP)数据

一叶一洞天/莫非著.—北京:商务印书馆,2018
(万物有生有命)
ISBN 978-7-100-16614-0

Ⅰ.①一… Ⅱ.①莫… Ⅲ.①叙事诗—中国—当代②植物—艺术摄影—中国—现代—摄影集 Ⅳ.①I227.3②J429.5

中国版本图书馆CIP数据核字(2018)第211412号

一叶一洞天
莫非 著

商务印书馆出版
(北京王府井大街36号 邮政编码100710)
商务印书馆发行
北京新华印刷有限公司印刷
ISBN 978-7-100-16614-0

2018年10月第1版 开本787×1092 1/32
2018年10月北京第1次印刷 印张6⅛
定价:68.00元

目录

前言

一片树叶的

一个上午

和　另一个上午

天目琼花。
看这名字就叫人欢喜和妄想。
是天目开还是琼花开呢?

后来就知道了，是天目山的琼花。
而且天目山有两座。
西边西天目，东边东天目。

湖水落在山头，云朵种在山巅。
于是乎琼花开啊天目也开了。
天目看你多妩媚，你见琼花应如是。

这忍冬科荚蒾属的灌木啊。
有个神奇的异名，叫佛头花。
多么贴切，名与物毫无违和之感。

在东北地区，人们叫它鸡树条。
内中或许包含着特别的文化信息。
可我至今也不明白如此命名的缘由。

天目琼花，复聚伞形花序。
花序周遭有硕大的乳白色“花边”。
植物学称之为“不孕花”。

只管漂亮，不管结果。
而结果的花，又是那么细微。
几乎看不出是种子的出处。

天目琼花啊，简直是晚春的盛宴。
掌形三裂的叶子，从绿到褐而黄。
到了叶子枯干，就走了一年四季。

冬天的果子艳且红润。
尤其是雪后的景象。
到底是忍冬科植物啊！

枯叶不败。
零零星星的挂在枝间。
冬眠的日子里依旧梦见繁花。

透过上午凛冽的光，那么亮。
枯叶看来已经不是枯叶了。
而是生命更灿烂的一面。

树叶只对它自己的灌木有意义。
甚至那意义也非人类所能理解。
那么，一片枯叶对谁有意义呢?

在一上午的寒风中凝视这片叶子。
而另一个上午还是不肯放过我。
风声很紧，枯叶还是枯叶。

这恐怕是仅有的一片叶子。
似乎吃进了所有的光和影子。
摄影师恐怕已经不是摄影师了。

忘了自己是谁。
当然也忘了在做什么。
好像一个野孩子走到了天边。

完全沉溺于玩耍之中。
没有什么树叶不树叶。
没有什么光线不光线。

更没有什么照相机。
即使有照相机也没用。
即使有用最后也没用了。

天目琼花，到时候开花。
天目琼花，到时候结果。
天目琼花，时候到了时候。

一片叶子看见我们。
一片叶子看见两个上午。
一片叶子看见了一片叶子。

天目山的花在天上飞。
天目山的风在湖上吹。
天目山的月在树上转。

万物明澈见底。
菩提本无树，琼花有天目。
一片树叶找来的，或许就是两个上午。

总有一片树叶在梢头，
等你来等你不来……

一叶一洞天

你试着说出了第一眼看见的事物

最初的夜忽然睁开让星辰写出字句

四月和新鲜的灌木枝条飞扬

所有的细节跟时间索要花朵和纹理

而时间拿走所有的东西不再归还

你要看好这园子这泥土这蚯蚓

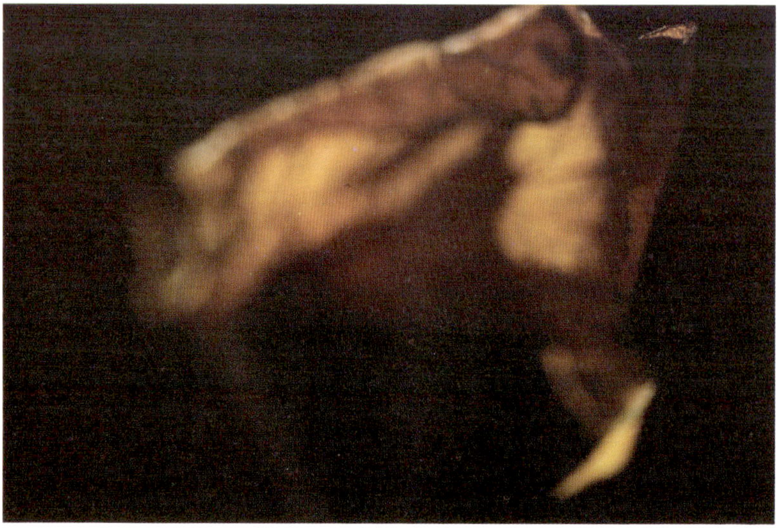

水的源头在树冠上彻底暴露

彻底的意思是废墟分布在任何地方

如同埋下房屋的根芽等待生长

太阳在大地的表面嘀嗒嘀嗒走着

路过殿堂路过农舍路过沟渠

不管你做什么更不管你做不做

影子是透亮的好像没有影子

到时候树叶脱落只剩下那些骨干

只剩下北方的冬天参照江南和江水

天目山在天目山上看你多么美

崎岖的小道只有青草连绵的消息

乔木耸立的云朵转眼已是黄昏

百年也不过一天的工夫

你看一天都有她的四季

早上的早开堇菜要开花

开花要开紫花地丁的花

茜和女青隔开了三千年

犹如萝藦和芄兰是一个

忍冬的天目琼花在过冬

忍冬的金银木有了结果

这寂静的园子没有人来

一片叶子对一片叶子说

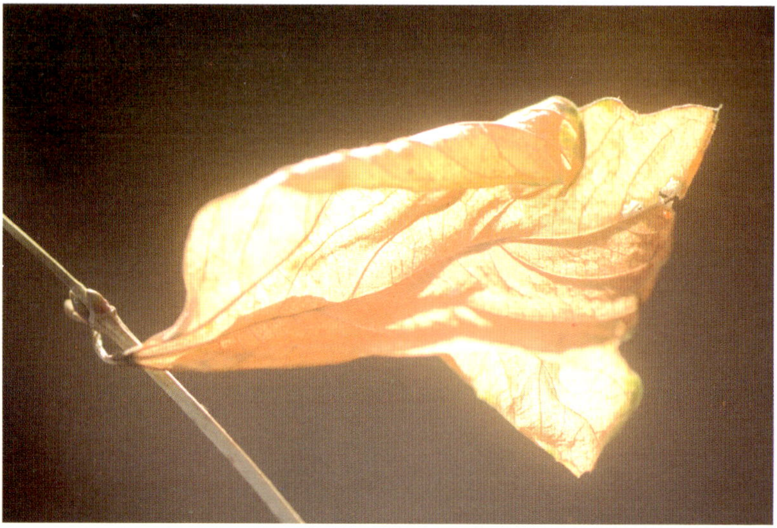

一片叶子是叶子一片叶子是影子

一片叶子是拖累一片叶子是休眠

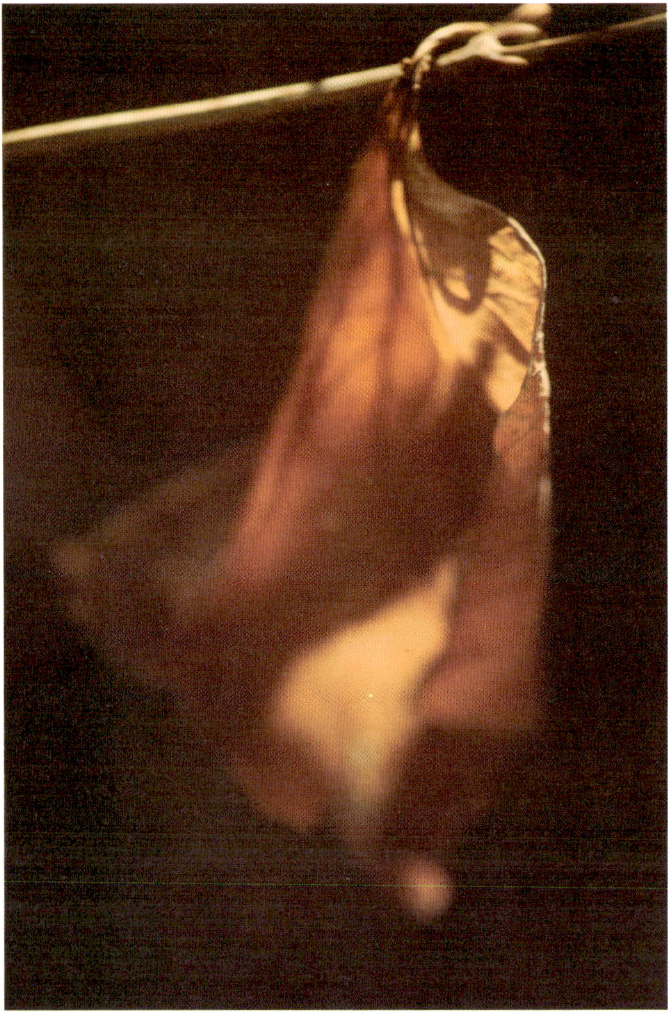

一片叶子是光一片叶子是遮掩

一片叶子是《论语》一片叶子是《春秋》

一片叶子是疼一片叶子是呼喊

一片叶子是风一片叶子是风声

一片叶子是黄袍一片叶子是耳日

一片叶子是虫子一片叶子是粮草

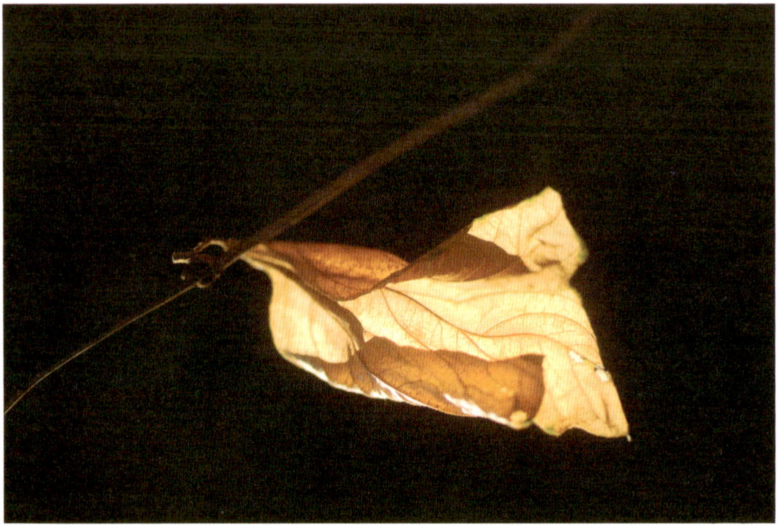

曾经的冬芽多么危险

曾经的二月还不是早春

曾经的花儿叫你一声“啊呀”

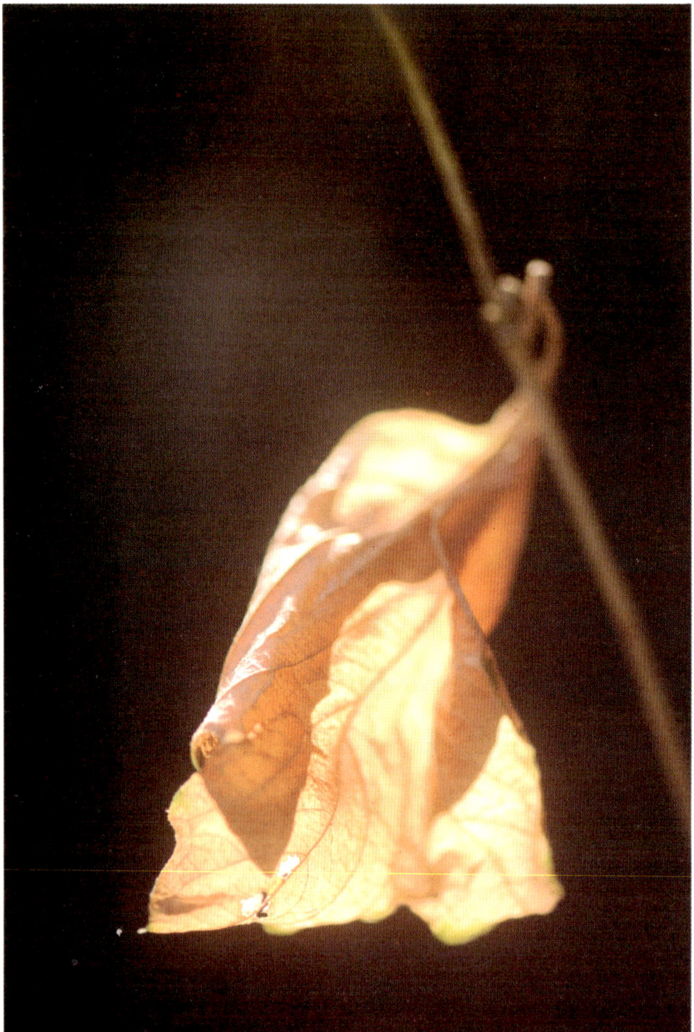

曾经的锦绣吃掉了虫子也被虫子吃掉

曾经的梯子在树顶像树叶一样摇

曾经的闪电叫一个人枯坐在地上

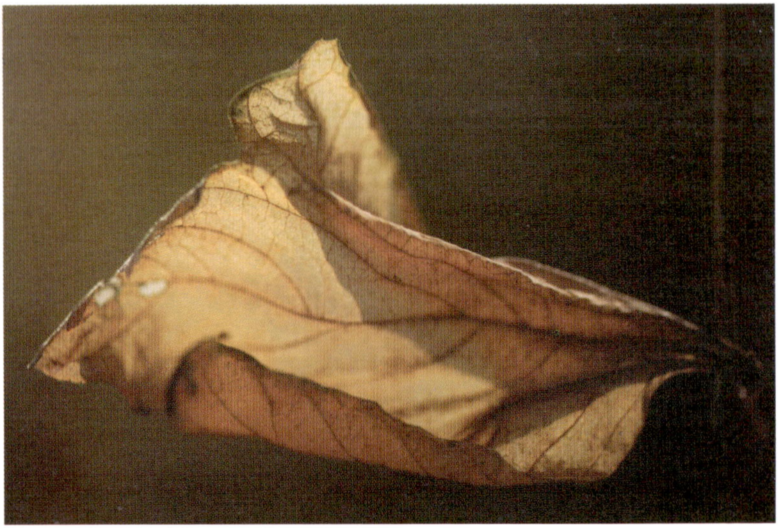

曾经的云雨被屋脊分开否则不会流淌

曾经的落日啊曾经大火弥漫

照看树上的蚂蚁也照看树下的人类

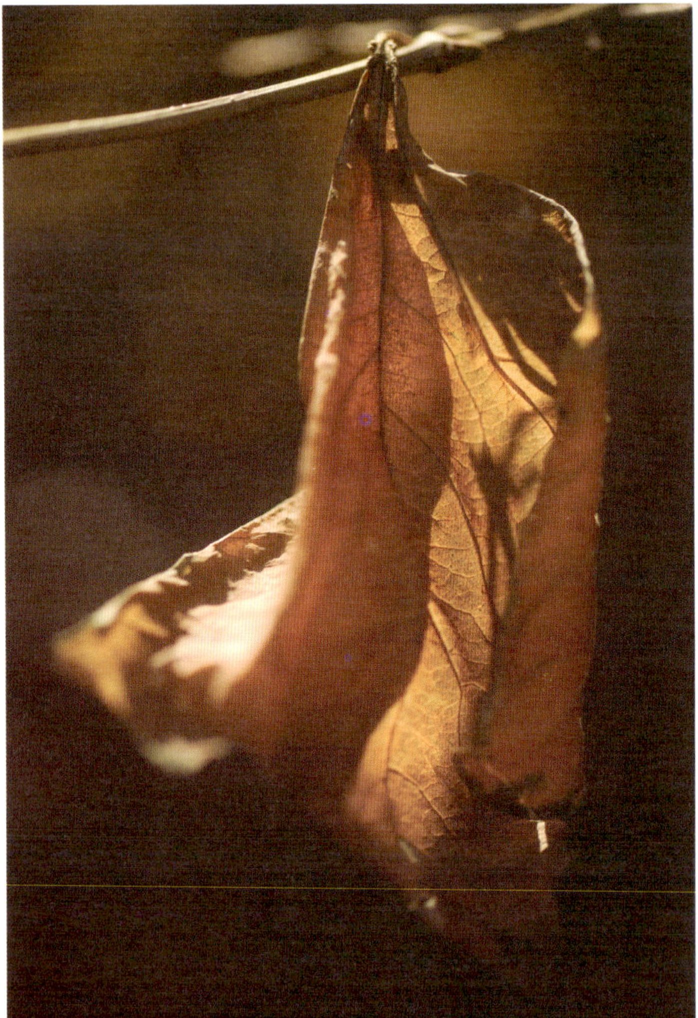

一片叶子对一片叶子不说

一片叶子是雪一片叶子是融化

一片叶子是瓦当一片叶子是滴水

一片叶子是无有一片叶子是无边

一片叶子是开始一片叶子是来年

一片叶子是不朽一片叶子是瞬间

一片叶子是海一片叶子是盐

一片叶子是河流一片叶子是山谷

一片叶子是一片叶子是一片叶子

清澈的天目琼花就是此刻

一万条倒影比她的枝梢更长久

有的是弯路有的是捷径

走弯路的人啊你可看见

那么远的村庄是村庄

最近的石头不像石头

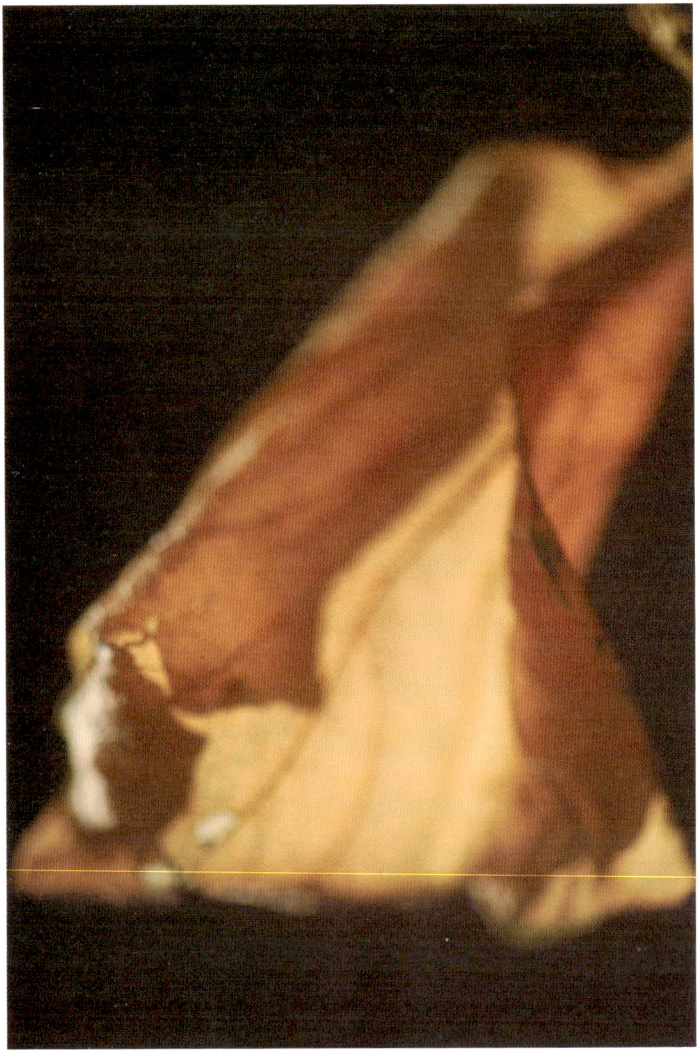

走捷径的人啊你要当心

那里匆忙一片漆黑一片

那里除了捷径没有别的

是裸露的灌木等你爱

是散乱的枝梢经过你梳理

是一年的劳顿终于有了最好的安顿

是横穿的枝条也穿过凛冽的上午和下午

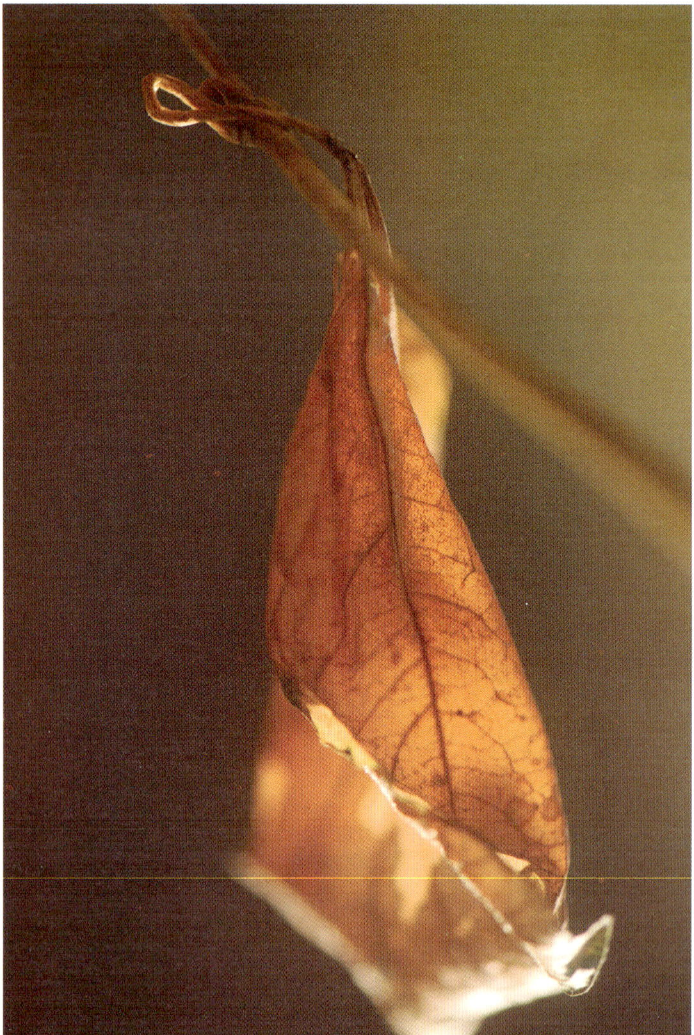

是单薄的树叶给你一件金子的衣裳

是金子换不来的造化给了你

是结冰的湖倾泻全部的时光

是冬夜咀嚼马槽里的动静

是动静听见了你的一阵由衷的吟唱

谁也挡不住开花的灌木

对生的叶子啊对生的命

完美的花冠点开万物

白色的火焰开始飞升

大地盛大的典礼也被错过

看破的叶子依旧完整无缺

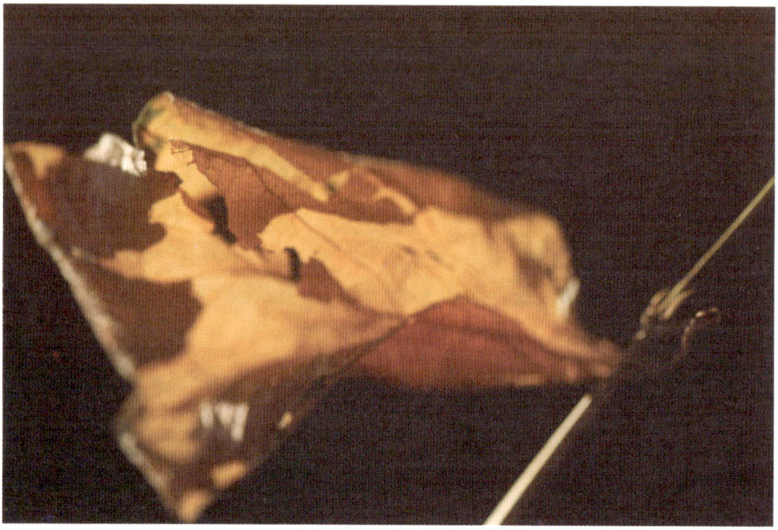

荒野要寂静草木要活着

风在树叶的后面你在风的后面

教我认识我是谁教你如何到何处

一叶一洞天

你试着说出了第一眼看见的事物
最初的夜忽然睁开让星辰写出字句
四月和新鲜的灌木枝条飞扬
所有的细节跟时间索要花朵和纹理
而时间拿走所有的东西不再归还
你要看好这园子这泥土这蚯蚓
水的源头在树冠上彻底暴露
彻底的意思是废墟分布在任何地方
如同埋下房屋的根芽等待生长

太阳在大地的表面嘀嗒嘀嗒走着
路过殿堂路过农舍路过沟渠
不管你做什么更不管你做不做
影子是透亮的好像没有影子
到时候树叶脱落只剩下那些骨干
只剩下北方的冬天参照江南和江水
天目山在天目山上看你多么美
崎岖的小道只有青草连绵的消息
乔木耸立的云朵转眼已是黄昏

百年也不过一天的工夫
你看一天都有她的四季
早上的早开堇菜要开花
开花要开紫花地丁的花
茜和女青隔开了三千年
犹如萝藦和芄兰是一个
忍冬的天目琼花在过冬
忍冬的金银木有了结果
这寂静的园子没有人来

一片叶子对一片叶子说
一片叶子是叶子一片叶子是影子
一片叶子是拖累一片叶子是休眠
一片叶子是光一片叶子是遮掩
一片叶子是《论语》一片叶子是《春秋》
一片叶子是疼一片叶子是呼喊
一片叶子是风一片叶子是风声
一片叶子是黄袍一片叶子是耳目
一片叶子是虫子一片叶子是粮草

曾经的冬芽多么危险
曾经的二月还不是早春
曾经的花儿叫你一声“啊呀”
曾经的锦绣吃掉了虫子也被虫子吃掉
曾经的梯子在树顶像树叶一样摇
曾经的闪电叫一个人枯坐在地上
曾经的云雨被屋脊分开否则不会流淌
曾经的落日啊曾经大火弥漫
照看树上的蚂蚁也照看树下的人类

一片叶子对一片叶子不说
一片叶子是雪一片叶子是融化
一片叶子是瓦当一片叶子是滴水
一片叶子是无有一片叶子是无边
一片叶子是开始一片叶子是来年
一片叶子是不朽一片叶子是瞬间
一片叶子是海一片叶子是盐
一片叶子是河流一片叶子是山谷
一片叶子是一片叶子是一片叶子

清澈的天目琼花就是此刻
一万条倒影比她的枝梢更长久
有的是弯路有的是捷径
走弯路的人啊你可看见
那么远的村庄是村庄
最近的石头不像石头
走捷径的人啊你要当心
那里匆忙一片漆黑一片
那里除了捷径没有别的

是裸露的灌木等你爱
是散乱的枝梢经过你梳理
是一年的劳顿终于有了最好的安顿
是横穿的枝条也穿过凛冽的上午和下午
是单薄的树叶给你一件金子的衣裳
是金子换不来的造化给了你
是结冰的湖倾泻全部的时光
是冬夜咀嚼马槽里的动静
是动静听见了你的一阵由衷的吟唱

谁也挡不住开花的灌木
对生的叶子啊对生的命
完美的花冠点开万物
白色的火焰开始飞升
大地盛大的典礼也被错过
看破的叶子依旧完整无缺
荒野要寂静草木要活着
风在树叶的后面你在风的后面
教我认识我是谁教你如何到何处

后记

一首诗的

一片树叶

和　　一片树叶

一片树叶是一首诗。
触发缘起的没有别的，
正是天目琼花冬天的叶子。

每一片叶子都是不朽的。
落叶，只是去别处歇息了一下。
等到了春天还要回到树上去。

树叶怎么可以不在树上呢。
花儿怎么可以不在枝头呢。
结果怎么可以不在林间呢。

此时，天目琼花又萌芽了。
仿佛冒险的词语重归诗的王国。
并且在那里找到本来的事物。

世上没有两片一样的叶子。
甚至没有一片一样的叶子。
不一样的一片叶子也一样是自然的。

天目琼花看了她的四季。
四季看了她独有的瞬间。
一片树叶同时有了两片树叶。

一片树叶拿正面对着太阳。
一片树叶从背面对着大地。
一片树叶透过风和雨是一棵树了。

一棵树不就是一片叶子吗?
叶脉一样清晰的枝梢,
隐藏在枝梢一样的叶脉里。

一首诗写不出一片树叶。
一片树叶用不着一首诗。
没关系，这样不是更好么。

一首诗是一首诗。
一片树叶是一片树叶。
好像树叶两两对照着。

一叶一菩提。
一花天目琼花。
凭什么啊！一个人叫了起来。

如是我闻。

天目琼花

经过

天目琼花有自己轮回的四季。刚萌发的叶子急急忙忙展开，唯恐耽搁了什么似的。聚伞花序的四周，乳白的不孕花呈现出来，紧接着黄色花药密布辐状的花冠上。秋后，果实如殷红的玛瑙。入冬，叶子枯而不落，除非深冬时节大风袭来。但总有舍不得离去的叶子还在树上。与其说我记录了她们的生长，不如说她们的形态变化深深吸引我不断造访。最终，是一片透亮的叶子留了下来。

2016.4.18
叶子都长出来，我们看见了春天。

2012.4.26
天目琼花，开了天目。

2011.4.28
层层叠叠，花影重重。

2011.4.30
好像十二个时辰开了十二朵花。

2015.10.8
结果归琼花，结果归结果。

2013.10.15
叶子会落，果实不落。

2012.12.26
冬天的红果子依旧新鲜。

2013.3.6
过一个冬天，就等早春到来。

2013.11.18
叶子也成熟了。

2013.11.28
要有光，于是有了树叶。

2013.12.1
有漏洞的是人。树叶破了也是完整的。

2014.1.18
影子落在树叶上，树叶可以不落。

2017.2.6
不是两片树叶，是一片树叶和一片树叶。

2017.2.22
一片树叶有了一片树叶。

樂 府

·

心里满了，就从口中溢出